12 DEC. 1912

Prix.

VENTE

DU

Jeudi 12 Décembre 1912

HOTEL DROUOT, SALLE N° 11

COLLECTION FONTENEAU

ESTAMPES ANCIENNES

Me ANDRÉ DESVOUGES

COMMISSAIRE-PRISEUR

M. GEORGES RAPILLY

EXPERT

[illegible]8. 1. 19
34. 2. 28
[illegible]6. 1. 30
49. 1. 32
56. 2. 18
60. 4. 37
81. 1. 65
111. 1. 57.
19[illegible]. 1. 35
[illegible]. 32

CATALOGUE

D'ESTAMPES

DES XVIIe ET XVIIIe SIÈCLES

ŒUVRES DE

Callot, Drevet, Edelinck
Masson, Morin, Nanteuil, van Schuppen, Schmidt
Watteau, Wille, etc.

PROVENANT DE LA

COLLECTION FONTENEAU

DONT LA VENTE AURA LIEU A PARIS

HOTEL DROUOT, SALLE N° 11

Le Jeudi 12 Décembre 1912

A DEUX HEURES PRÉCISES

Par le ministère de Me **André DESVOUGES**, Commissaire-priseur
Successeur de Me Maurice DELESTRE
26, RUE DE LA GRANGE-BATELIÈRE, 26

Assisté de M. Georges **RAPILLY**
Marchand d'Estampes de la Bibliothèque Nationale
9, QUAI MALAQUAIS, 9

CONDITIONS DE LA VENTE

Elle sera faite au comptant.

Les acquéreurs paieront 10 p. 100 en sus du prix d'adjudication.

L'expert remplira les commissions que voudront bien lui confier les Amateurs ne pouvant y assister ; il se réserve en outre la faculté de diviser ou de rassembler les lots.

MM. les Amateurs pourront visiter la collection chez M. Rapilly, les 9, 10 et 11 décembre, de 2 heures à 5 heures.

DÉSIGNATION

ALDEGREVER (Henri)

1. Les Travaux d'Hercule, 1550 (B. 83-95), suite de 13 estampes. In-8.

   Belles épreuves.

BALECHOU (Jean-Joseph)

2. G.-Ch.-H. Friso, Prince d'Orange et de Nassau, Stathouder des Pays-Bas, d'après Aved. In-fol.

   Très belle épreuve (collection Didot).

BALLONS (Estampes sur les)

3. Premier voyage aérien, sous la direction de Montgolfier, par le Mis d'Arlandes et Pilastre de Rozier, 1783. In-4 en haut.

   Très belle épreuve à grandes marges; on y a joint une copie publiée à Paris, chez Vacher.

BAUDOIN (D'après P.-A.)

4. Perrette, gravé par H. Guttemberg. Petit in-fol. en haut.

   Très belle épreuve, petites marges.

5. Le Soir, gravé par E. de Ghendt. In-fol. en haut.

   Superbe épreuve, petites marges.

6. La Sentinelle en défaut, gravé par N. de Launay. In-fol. en haut.

   Très belle épreuve à grandes marges.

BEAUVARLET

7. Le Chaste Joseph, d'après Nattier. — La Chaste Suzanne, d'après Vien. 2 pièces gravées par Beauvarlet, in-fol. en larg.

   Très belles épreuves avec marges.

BÉHAM (Hans-Sébald)

8. L'enlèvement d'Hélène (B. 70). — Cimon nourri par sa fille (75). — La bonne fortune (140). — La fortune contraire (141). — L'Impossible (145). — Noces de village, 6 p. (166). — Le Porte-enseigne et le Tambour (199), ensemble 12 petites pièces.

   Belles épreuves.

BOREL (D'après Antoine)

9. J'y passerai, gravé par R. de Launay, le Jeune. In-fol. en larg.

   Très belle épreuve ; marges.

10. L'Innocence en danger. — Le voilà fait. 2 pièces gravées par Huot se faisant pendants. In-fol. en larg.

    Très belles épreuves, la première à grandes marges.

BRY (Théodore de)

11. L'Age d'or, Fête vénitienne, la Fête de village, Fontaine de Jouvence, etc. 6 p. de divers formats.

CALLOT (Jacques)

12. Les Mystères de la Passion de Notre-Seigneur et la Vie de la Vierge (32-36). Suite de vingt petits sujets de formes ronde et ovale, imprimées sur 3 feuilles.

    Très belles épreuves du 1er état avant toute lettre et avant la division des deux premiers cuivres. Le titre manque.

13. La tentation de saint Antoine (139). In-folio en larg.

    Superbe épreuve du 1er état avec les dix rosettes et avec la faute au mot *Fol*. Extrêmement rare.

14. La même estampe.

    Deux belles épreuves : l'une du 2e état avec les dix rosettes, très rare ; l'autre du 3e état avant le trait échappé.

CALLOT (Jacques)

15. Portrait de Claude Deruet, peintre du Duc de Lorraine et de son fils, en pied (505). — Portrait de Dieudonné-Charles de Lorme, médecin (506). 2 portraits in-folio et in-4.

Très belles épreuves, la première à grandes marges.

16. Le parterre de Nancy (622). — La Carrière ou la rue Neuve de Nancy (621). 2 pièces in-folio en largeur.

Très belles épreuves du 1er état avant l'adresse de Silvestre.

17. La Foire de Gondreville (623). In-folio en largeur.

Superbe épreuve du premier état avec la signature autographe de Callot et au verso la signature P. Mariette, 1665. Très rare en cet état.

18. La Grande Foire de Florence. 1re et 2e planches (624-625). 2 pièces grand in-folio en largeur.

Belles épreuves de pièces rares, la deuxième a une petite déchirure restaurée.

19. Balli ou Cucurucu (641-664). Suite de 24 pièces. In-12 en largeur.

Très belles épreuves du 1er état avant les numéros.

20. Les Supplices (665). In-4 en largeur.

Très belle épreuve du 2me état : la statue de la Vierge est très distincte. Petites marges.

21. Les Bohémiens (667-670). Suite de 4 estampes in-4 en largeur.

Belles épreuves avant le nom de Silvestre.

22. La Chasse (711). In-folio en largeur.

Superbe épreuve du 1er état avec les lointains distincts.

23. La petite vue de Paris ou le marché d'esclaves (712). In-4 en largeur.

Très belle épreuve du 1er état avant toute lettre et avant le fond. Rare. On y a joint une très belle épreuve du 2e état, terminée.

24. Les deux grandes vues de Paris (713-714). Deux pièces in-folio en largeur.

Très belles épreuves du 2e état avant le nom de Silvestre.

25. Les Misères et les Malheurs de la guerre. Suite complète de 18 pièces. — Les petites Misères de la guerre ; suite

de 7 pièces. — Les 2 petits combats de cavalerie. — La Vie de l'Enfant prodigue. Suite de 11 pièces. Ensemble 38 pièces, placées dans un album, petit in-4, vélin tr. dorées.

Belles épreuves : on y a joint 2 épreuves du portrait de Callot par Michel Lasne.

26. Le passage de la mer Rouge; le Massacre des Innocents, le Nouveau Testament (11 p.); la Vie de la Vierge (14 p.); le Sauveur, la Sainte Vierge et les douze Apôtres (16 p.); le Martyre des Apôtres (16 p.); le Martyre de Saint-Sébastien; le Miracle de Saint-Mansuy: Saint-Nicolas ou Saint-Séverin; les Martyrs du Japon, etc., environ 65 pièces de divers formats.

Très belles épreuves. la plupart en 1er état avant les numéros.

27. Son portrait gravé par Bosse, Vorsterman, Michel Lasne. — Le combat à la barrière — les deux Pantalons. — Le combat de Veillane. — Les exercices militaires (13 p.). — Les Fantaisies (14 p.), etc., ensemble 35 p. de divers formats.

Belles épreuves, la plupart du 1er état.

CARS (Laurent)

28. L.-F. de Bourbon, prince de Conti, d'après P. Le Maire. — Romain Dallon, Premier Président de Pau. 2 portraits gr. in-fol.

Belles épreuves avec marges.

CHARDIN (D'après J.-B. Siméon)

29. Le Peintre, gravé par Surugue fils. In-fol. en haut.

Très belle épreuve avec marges.

30. Étude du Dessin, gravé par Le Bas. In-fol. en larg.

Très belle épreuve, petites marges.

31. La Gouvernante. — La Mère laborieuse. 2 pièces gravées par Lepicié se faisant pendant. In-fol. en haut.

Très belles épreuves, petites marges.

CHARLET (A.)

32. Sujets militaires, sujets de genre, caricatures, etc. Environ 275 lithographies, in-4. en 2 portefeuilles.

CHARLET (A.)

33. Napoléon à Iéna; Le Drapeau défendu; Le Grenadier de Waterloo; 5 mai-15 août; L'Intrépide Lefèvre; Les Maraudeurs; L'Allocution; Cuirassiers chargeant, etc. Ensemble 12 lithographies de format in-fol.

Belles épreuves, plusieurs rares.

CHÉREAU (François)

34. L.-Ant. de Pardaillan de Gondrin, duc d'Antin, d'après H. Rigaud. — Eusèbe Renaudot, orientaliste, d'après Ranc. 2 portraits in-fol.

Très belles épreuves avec marges.

CHODOWIECKI

35. Cabinet d'un peintre; Les Effets de la sensibilité sur quatre différents tempéraments; Vignettes pour illustrer des Almanachs. Ensemble 14 pièces contenant 39 sujets.

CHOFFARD

36. Arabesques décorant les loges du Vatican, d'après Raphaël, 23 pièces in-fol. en haut., d'une suite de 26.

COSSIN (L.)

37. Louis XIV, roi de France, 1682. Buste fort comme nature. Gr. in-fol.

Très belle épreuve d'une pièce rare non citée par Didot.

DAULLÉ (Jean)

38. La Comtesse de Feuquière, fille du peintre P. Mignard. — Mademoiselle Pellissier, actrice de l'Opéra, d'après Drouais. — H. Rigaud et sa femme Elis. de Gouy. — J.-B. Rousseau, d'après Aved. Ens. 4 portraits in-fol.

Très belles épreuves.

DELLA BELLA (St.)

39. La perspective du Pont-Neuf de Paris. Grand in-folio en largeur.

Superbe épreuve du 1er état avant la girouette.

40. Dessins de quelques conduites de troupes, canons et attaques de villes, faites par de la Belle (12 p.). — Agréable diversité de figures (13 p.). — Bataille des Amalécites. Saint Prosper. Recueil de vases, etc. Ensemble 40 p. de divers formats.

Très belles épreuves, plusieurs en 1er état.

DEMARTEAU

41. Têtes de Jeunes filles et d'Enfants (n° 27). — Groupe d'Enfants (n° 562). 2 pièces à la manière du crayon, d'après Fr. Boucher.

Belles épreuves, la 1re est imprimée en sanguine, l'autre aux 3 crayons.

DREVET (Pierre)

42. Boileau-Despréaux (Nicolas), d'après H. Rigaud (F. D. 24). — Le même personnage d'après de Troy (25). 2 portraits in-fol. et in-4.

Très belles épreuves, la seconde est du 1er état mais elle est doublée.

43. Cotte (Robert de), architecte, d'après H. Rigaud (34). — Dangeau (Philippe de Courcillon, marquis de), d'après H. Rigaud (36). 2 portraits in-fol.

Très belles épreuves, la seconde a les armoiries coloriées.

44. Espagne (Philippe V, roi d'), d'après H. Rigaud (41). In-fol.

Très belle épreuve sans marge (Collection Malinet).

45. France (Louis de), duc de Bourgogne, fils du Grand Dauphin et père de Louis XV, d'après H. Rigaud (57). In-fol.

Très belle épreuve du 2e des 3 états décrits, avant le nom du personnage, autour de l'ovale.

46. France (Louis XV, roi de), d'après H. Rigaud (59). In-fol.

Belle épreuve, grandes marges.

DREVET (Pierre)

47. France, Louis-Auguste de Bourbon, prince de Dombes, duc du Maine, fils légitimé de Louis XIV et de la marquise de Montespan, d'après de Troy (60). — Le même personnage, d'après de Troy (61). 2 portraits in-fol.

Très belles épreuves, petites marges.

48. Gillet (Pierre), magistrat français d'après H. Rigaud (68). — Girardon (François), sculpteur et architecte, d'après Vivien (69). 2 portraits in-fol.

Très belles épreuves.

49. Keller (Jean-Balthasar), fondeur suisse, inspecteur de la Fonderie nationale à Paris, d'après H. Rigaud (76). In-fol.

Superbe épreuve du 2e état avant l'adresse de Bligny. Marges.

50. Lambert de Thorigny, Président en la Chambre des Comptes, et son épouse (80 et 81), d'après Largillière. 2 portraits in-fol.

Très belles épreuves, petites marges.

51. Motteville (Hélène Lambert, Madame de), d'après Largillière (98). In-fol.

Très belle épreuve du 2e état avant que l'adresse de Drevet ait été effacée. Sans marge.

52. Savoie : Marie d'Orléans, appelée demoiselle de Longueville, épouse de Henri II de Savoie, dernier duc de Nemours, d'après H. Rigaud (115). In-fol.

Belle épreuve d'une pièce rare, sans marge.

53. Angleterre (Charles II, roi d'), d'après Van der Werff (12). — Félibien (André), d'après C. Le Brun (46). — Issaly (Jean), d'après Largillière (74). — Rolin (Marcellin), d'après Du Fourneau (114). 4 portraits in-4.

Belles épreuves, la dernière a les armoiries coloriées

DREVET (Pierre-Imbert)

54. Bernard (Samuel), fameux financier, en pied, assis dans un fauteuil, d'après H. Rigaud (11). Gr. in-fol.

Très belle épreuve avec marges (Collection Didot).

DREVET (Pierre-Imbert)

55. Couvay (P. N.), secrétaire du Roy, d'après Tournierre (14). — Dubois (Guillaume), cardinal et homme d'État, d'après H. Rigaud (15). 2 portraits in-fol.

Très belles épreuves avec marges. La première a les armoiries coloriées, la seconde a une petite cassure restaurée.

56. France ; Louise-Adélaïde d'Orléans (Mlle de Chartres), abbesse de Chelles, fille du Régent, d'après Gobert (20). — Louis d'Orléans, fils du Régent, d'après Coypel (21). 2 portraits in-4.

Belles épreuves avec marges. La seconde est du 1er état avant l'inscription sur le socle.

57. Lecouvreur (Adrienne), célèbre actrice, d'après Ch. Coypel (24). In-fol.

Très belle épreuve du 2e état avec la faute au mot *Model*. Manque de conservation.

58. Tressan (Louis de La Vergne de), comte de Lyon, archevêque de Rouen, représenté agenouillé devant la Sainte Vierge, d'après Vanloo (31). Petit in-fol.

Très belle épreuve à grandes marges.

DREVET (Claude)

59. Oswald (Henri), archevêque de Vienne, d'après H. Rigaud (12). — Vintimille (Ch.-G. de), archevêque de Paris, d'après H. Rigaud (14). 2 portraits in-fol.

Belles épreuves, petites marges.

60. Le Bret (Mme) (9). — Oswald (Henri) (12). — Steiger (Christophe), magistrat suisse (13). — Zinzendorf (comte de), homme d'État allemand (15). 4 portraits in-fol.

DUCHÉ (D'après).

61. La Chambre du cœur de Voltaire, gravée par Née. In-fol. en larg.

Très belle épreuve avant la lettre, à grandes marges.

DURER (Albert)

62. La Vierge couronnée par deux anges, 1518 (B 39). In-8 en haut.

Très belle épreuve. Petites marges.

63. La Vierge donnant le sein à l'enfant Jésus (36). — La Vierge assise au pied d'une muraille (40). Deux pièces in-8 en haut.

Très belles épreuves.

ÉCOLE ANCIENNE

64. Sujets de l'Ancien et du Nouveau Testament, sujets allégoriques, etc., 30 pièces, par ou d'après Dürer, Rembrandt, Aldegrever, Altdorfer, Pencz, de Bruyn, Ostade, Et. Delaune.

65. Scènes d'intérieur, pièces historiques, ornements, calendrier solaire pour l'année 1607, etc., 12 pièces par ou d'après Visscher, Goltzius, C. Dusart, Breughel, S. Le Clerc, A. Bosse, etc.

ÉCOLE FRANÇAISE DU XVIIIe SIÈCLE

66. La Troupe ambulante; la Danse des ours; Vue intérieure d'un jardin anglais appelé le Moulin Joli; Actéon métamorphosé en cerf; le Bal champêtre, etc. 8 pièces d'après Meyer, Daubigny, Watteau, Cochin, etc.

Belles épreuves, plusieurs avant la lettre ou à l'état d'eau-forte.

EDELINCK (Gérard)

67. Berry (Charles, petit-fils de France, duc de), d'après de Troy (R. D. 147). — Bourgogne (Louis, petit-fils de France, duc de) d'après Hellart (159). 2 portraits in-fol.

Belles épreuves. La seconde a été pliée.

68. Bertin (P.-V.), Trésorier des parties casuelles, d'après Largillière (149). — Champagne (Ph. de), Peintre du Roy, d'après lui-même (164). — Desjardins (Martin), sculpteur, d'après H. Rigaud (182).

Très belles épreuves. La 2e est collée en plein et manque de conservation.

EDELINCK (Gérard)

69. Colbert (Jean-Baptiste), ministre d'État, d'après Mignard. Médaillon ovale dans une composition allégorique d'après Charles Le Brun. (Partie supérieure d'une thèse) (171). In-fol. en larg.

Belle épreuve doublée. Manque de conservation.

70. Huet (P.-D.), évêque d'Avranches, d'après Largillière (224). In-fol.

Très belle épreuve du 1er état avec marges (Collection Didot).

71. Le Brun (Charles), Peintre du Roy, d'après Largillière (238). — Mansart (Jules-Hardouin), Surintendant des Bâtiments du Roy, d'après Vivien. 2 portraits in-fol.

Très belles épreuves.

72. Le Tellier (Michel), Chancelier de France, d'après Ferdinand Vouet (244). — Montarsis (Pierre de), Amateur, d'après Coypel (277). — Noailles (Anne-Jules, duc de), Maréchal de France, d'après H. Rigaud (284). 3 portraits in-fol.

Très belles épreuves avec marges. La 3e est du 1er état.

73. Louis XIV, Roi de France. Buste dans une composition allégorique, d'après J.-B. Corneille (255, 1er état). — Le même personnage, à mi-corps, vêtu de son armure, d'après Jean de la Haye (256). 2 portraits in-fol.

Belles épreuves, la seconde à grandes marges.

74. Lully (Jean-Baptiste), Surintendant de la Musique du Roy (262). — Sylvestre (Israël), Dessinateur et Graveur, d'après Charles Le Brun (319). — Simon (Pierre), d'après Ernou (320). 3 portraits in-fol.

Très belles épreuves.

75. Bossuet (Jacques-Bénigne), évêque de Meaux, d'après H. Rigaud (156), 2 épreuves. — Fléchier (Esprit), évêque de Nîmes, d'après H. Rigaud (205), 2 épreuves. — Pascal (Blaise) (290). Ensemble 5 portraits in-4 et petit in-fol.

EISEN (D'après Charles)

76. La Comète, gravé par Le Bas. In-fol., en haut.

Belle épreuve avec petites marges.

FICQUET et SAVART

77. Portraits de Corneille, Descartes, Fénelon, La Fontaine Mme de Maintenon, Molière, Montaigne, Regnard, Rousseau, Voltaire, Boileau, Bossuet, Catinat, Colbert, Condé, Louis XIV, Racine, Richelieu, etc., 56 pièces in-8.

Très belles épreuves, plusieurs doubles en divers états.

FORSTER et FLAMENG (Léop.)

78. Les Trois Grâces, d'après Raphaël. — La Pièce aux 100 florins, d'après Rembrandt. — La Source, d'après Ingres. — Le dernier jour d'un condamné, d'après Munkacsy. Ensemble 4 pièces in-fol.

Tres belles épreuves, les 3 dernières sont avant lettre.

FRAGONARD (Honoré)

79. Bacchanales, suite de 4 pièces gravées à l'eau-forte par Honoré Fragonard. In-4 en larg.

Belles épreuves de pièces rares.

FRAGONARD (D'après H.)

80. L'Heureuse Fécondité, gravé par N. de Launay. In-fol. en larg.

Très belle épreuve, petites marges.

81. L'Innocence inspire la Tendresse, gravé par Voysard. In-fol. en larg.

Très belle épreuve avant la dédicace : grandes marges.

82. Le Pot au lait. Le Verre d'eau, 2 pièces gravées par Nicolas Ponce, se faisant pendant. In-fol. en larg.

Belles épreuves avec marges.

83. Figures pour les *Contes* de La Fontaine, édition Didot; suite complète de 20 pièces formant les 2 livraisons publiées. In-4 dans la couv. de publication.

Très belles épreuves avec marges, plusieurs sont avant les numéros.

On y a joint 2 pièces doubles, pour *le Mari confesseur* et *On ne s'avise jamais de tout*. Épreuves avant la lettre.

FREUDEBERG (D'après S.)

84. La Gaîté conjugale, gravée par N. de Launay. In-fol. en larg.

Belle épreuve avec marges.

GRATELOUP (J.-B. de)

85. Portrait de Bossuet en pied, d'après H. Rigaud, in-8.

Très belle épreuve sur papier de Chine, d'une pièce rare. Grande marges.

GRAVELOT (D'après)

86. Suite de 4 vignettes, gravées par Martinet, pour illustrer le *Prix de la Beauté ou les Couronnes*. In-4 en haut.

Très belles épreuves avec marges.

HABERT (Nicolas)

87. Louis-Armand de Bourbon, prince de Conti. Buste fort comme nature. Gr. in-fol.

Belle épreuve.

ISABEY (D'après)

88. Marie-Louise, archiduchesse d'Autriche, Impératrice des Français, gravée par Monsaldy. In-4.

Très belle épreuve imprimée en couleurs. Marges.

JEAURAT (D'après)

89. L'Exemple des Mères, gravé par Lucas. In-fol. en haut.

Superbe épreuve à grandes marges.

KRUG (Louis)

90. La Nativité (B. 1). L'adoration des rois (2). Deux pièces in-4 en hauteur.

LANCRET (D'après Nicolas)

91. Les Heures du Jour, suite de 4 pièces gravées par N. de Larmessin. In-fol. en larg.

Très belles épreuves à grandes marges.

92. La Servante justifiée. — Les Troqueurs. — Le Gascon puni. — Les Rémois. 4 pièces gravées par de Larmessin. In-fol., en larg.

Très belles épreuves avant le changement d'adresse; grandes marges.

93. Nicaise. — Le Faucon. — On ne s'avise jamais de tout. — A femme avare galant escroc. 4 pièces gravées par de Larmessin. In-fol. en larg.

Très belles épreuves avant le changement d'adresse.

LE BARBIER (D'après)

94. Fleurons et culs-de-lampe pour illustrer les œuvres de Salomon Gessner. 34 pièces in-4 tirées à part.

Très belles épreuves à toutes marges.

LENFANT (Jean)

95. Jérôme Bignon, avocat général, conseiller d'État, 1671. — Côme III, prince d'Étrurie. 2 portraits, bustes presque forts comme nature. Gr. in-fol.

Très belles épreuves.

LEU (Thomas de)

96. Henri IV, Roy de France (R. D. 409). — Catherine de Bourbon, sœur du Roy. — Marie de Médicis (451 et 455). — Duchesse de Verneuil (501). Ens. 5 portraits de formats in-8 et in-4.

Belles épreuves.

LOMBART (Pierre)

97. Charles-Emmanuel II, prince de Piémont, duc de Savoie. Buste fort comme nature. Gr. in-fol.

Belle épreuve.

LOUIS XVI et MARIE-ANTOINETTE

98. Louis XVI en pied, en costume de sacre, gravé par Bervic, d'après Callet. — Louis XVI, roi de France, gravé par Lebeau, d'après Nicollet. — Marie-Antoinette, gravé par Lebeau, 1783, 2 épreuves. Ensemble 4 pièces gr. in-fol. et gr. in-4.

LUCAS DE LEYDE

99. Le Baptême de Jésus-Christ (B. 40). In-4 en largeur.

Belle épreuve.

MARILLIER (D'après)

100. Suite de 7 figures pour illustrer Lucrèce. Gr. in-8.

Superbes épreuves avant la lettre ; à toutes marges.

MASSON (Antoine)

101. Brisacier (Guillaume de), d'après Mignard (R. D. 15).

Belle épreuve, petites marges.

102. Cureau de la Chambre (Marin), Médecin du Roy, d'après Mignard (24). In-fol.

Superbe épreuve du 1er état, avant les contre-tailles sur la joue gauche du personnage. Marges.

103. Guise (Marie de Lorraine, duchesse de), petite-fille du Balafré, d'après Mignard (32). In-fol.

Très belle épreuve du 3e des 5 états décrits, avant le mot *Roma* à la suite du mot *pinxit*.

104. Louis XIV, Roi de France, d'après Ch. Le Brun (43). In-fol.

Belle épreuve, petites marges.

105. Louis, fils de France, Dauphin. Buste fort comme nature (46). Gr. in-fol.

Belle épreuve du 2e état, avec le chapeau. Cassure restaurée.

106. Marie-Thérèse d'Autriche, reine de France, d'après Mignard (49). Buste presque fort comme nature. Gr. in-fol.

Belle épreuve, sans marge.

MASSON (Antoine)

107. Bouillon (Cardinal de), d'après Mignard (14). — Dupuis (Pierre), peintre de fleurs, d'après Mignard (25). — Frédéric-Guillaume, Électeur de Brandebourg (30). — Marin de la Châtaigneraye (Denis) (50). — Ormesson (Olivier Lefèvre d') (58). — Patin (Charles) (68). Ens. 6 portraits, in-fol.

Très belles épreuves.

MASSON (Ant.) et SIMON (Pierre)

108. Anne d'Autriche, reine de France (1665), d'après P. Mignard (R. D. 11). — Anne-Marie-Louise, duchesse de Montpensier, appelée la Grande Mademoiselle. 2 portraits, gr. in-fol., bustes forts comme nature.

Superbes épreuves à grandes marges, encadrées dans des cadres en bois sculpté et doré.

MEISSONIER (D'après)

109. Le Polichinelle debout; portrait du Docteur; Fumeur flamand; Bibliophile dans son Cabinet; les Joueurs de cartes; Défilé des populations lorraines devant S. M. à Nancy, etc. Ensemble 10 pièces, gravées par Pigeot, Rajon, Le Rat, Jacquemart, etc.

Très belles épreuves, plusieurs avant la lettre ou à l'état d'eau-forte pure, signées.

MERCURI

110. Les Moissonneurs dans les Marais Pontins, d'après Léopold Robert. In-4 en larg.

Superbe épreuve du 3e état avec le ciel blanc, avant l'indication *Imprimerie Chardon*.

MONNET (D'après)

111. Allégorie du Mariage de Louis XVI, 1774, gravée par Née et Masquelier. In-fol. en haut.

Superbe épreuve avant la lettre, avec marges.

MOREAU le Jeune (D'après)

112. Le Couronnement de Voltaire en 1778. — Tombeau de J.-J. Rousseau. — Le Coup de vent. 3 pièces gravées par Gaucher, Moreau et Malbeste. In-fol. et in-4 en larg.

Très belles épreuves avec marges.

113. Les Précautions; La Dame du palais de la Reine; La rencontre au Bois de Boulogne; La Course des Chevaux; Le Pari gagné; Le Rendez-vous pour Marly. 6 pièces gravées par Martini et H. Guttenberg. In-fol. en haut.

Belles épreuves, les 5 premières à grandes marges. Quelques cassures restaurées.

MORIN (Jean)

114. Chrystin (N.), d'après Van Dyck (51). — François Potier, marquis de Gesvres, général français, d'après Philippe de Champagne (53). — Henri II de Lorraine, duc de Guise, d'après Suttermans (57). — J.-A. de Thou, historien français, d'après Ferdinand (79). Ens. 4 portraits. In-fol.

Belles épreuves.

115. Louis XI, roi de France (63). — Henri IV, roi de France, d'après Ferdinand. 2 portraits in-fol.

Très belles épreuves. La 1re à grandes marges.

116. Antoine Vitré, Imprimeur français, d'après Philippe de Champagne (R. D. 88). In-fol.

Très belle épreuve, petites marges.

NANTEUIL (Robert)

117. Anne d'Autriche, reine de France. Buste fort comme nature (R. D. 23). Gd in-fol.

Très belle épreuve du 1er état avant le crochet entre le millésime et le guillemet qui le suit. Petites marges.

118. Arnauld de Pomponne (Simon), ministre d'État. Buste fort comme nature (24). Gd in-fol.

Très belle épreuve montée (plis).

NANTEUIL (Robert)

119. Bartillat (E.-J. de), Garde du Trésor Royal (32). — Beaufort (F. de Vendôme, duc de) (33). 2 portraits, in-fol.

Très belles épreuves. La 1re est en 1er état et a les armoiries coloriées.

120. Bellièvre (Pomponne de), premier Président au Parlement de Paris (36). — Le même personnage (37). Copie de Bervic. — Les Quatre Évangélistes (7). 3 pièces in-fol. et in-8.

121. Bossuet (J.-B.), évêque de Meaux. Buste fort comme nature (45). Grand in-fol.

Belle épreuve du 1er état avec le mot *condomensis* au lieu de *meldonensis*. Elle est légèrement rognée et manque un peu de conservation.

122. Bouillon (E.-Th. de la Tour d'Auvergne, cardinal de) (52). Buste fort comme nature. Gr. in-fol.

Très belle épreuve du 1er état avant la décoration de l'Ordre du Saint-Esprit. Petites marges.

123. Le même personnage (53), buste fort comme nature. Gr. in-fol.

Très belle épreuve du 1er état avant le changement dans la dédicace. Elle a de petites marges et est montée.

124. Bragelogne (Marie de), veuve de Claude Le Bouthillier, Surintendant des Finances (57). — Charles-Emmanuel II, duc de Savoie (61). 2 pièces in-fol.

Très belles épreuves.

125. Castelnau (Jacques, marquis de), Maréchal de France (58). In-fol.

Superbe épreuve avec grandes marges.

126. Chapelain (Jean), Membre de l'Académie française (60). In-fol.

Très belle épreuve du 1er état : on ne voit ni arbustes, ni buissons sur les montagnes du médaillon emblématique. Petites marges; le verso de l'estampe est taché de peinture.

127. Chaulnes (Charles d'Albert-d'Ailly, duc de) (65). Buste fort comme nature. Gr. in-fol.

Très belle épreuve, sans marge et montée.

NANTEUIL (Robert)

128. Colbert (Jean-Baptiste), Contrôle général des Finances (72). In-fol.

Superbe épreuve du 1er état, grandes marges.

129. Le même personnage, médaillon ovale dans une composition allégorique destinée à décorer une thèse (73). In-fol. en larg.

Très belle épreuve montée (plis). Légèrement rognée dans le bas.

130. Le même personnage, buste fort comme nature (74). Gr. in-fol.

Belle épreuve montée (plis).

131. Le même personnage, buste fort comme nature (76). Gr. in-fol.

Belle épreuve du 6e des 7 états, avant que l'année ait été enlevée Marges.

132. Colbert (Jacques-Nicolas), archevêque de Rouen. Buste fort comme nature (77). Gr. in-fol.

Très belle épreuve, sans marge et montée.

133. Courtin (Honoré), Conseiller d'État (80). In-fol.

Très belle épreuve du 1er état avant l'inscription dans la bordure. Petites marges.

134. De Sève (Alexandre), Conseiller d'État, Prévot des Marchands (82). In-fol.

Superbe épreuve avec petites marges.

135. Dulieu de Chenevoux (F.-A.), Maître des Comptes (85); — Féret (H.), curé de Saint-Nicolas-du-Chardonnet (95), 1er état. 2 pièces in-fol.

Très belles épreuves, petites marges.

136. Espernon (Bernard de Foix de la Valette, duc d') (91). In-fol.

Très belle épreuve du 1er état avant la date et avant l'inscription dans la bordure. Sans marges.

137. Foucquet (Nicolas), Surintendant des Finances (98). In-fol.

Très belle épreuve du 5e des 6 états. Petites marges.

NANTEUIL (Robert)

138. Gillier (Melchior de), Maître d'Hôtel du Roy (102). In-fol. 40

Deux belles épreuves, dont l'une à grandes marges.

139. Harlay de Chanvallon (François de), Archevêque de Paris (108). Buste fort comme nature. Gr. in-fol. 80

Belle épreuve du 1er état, avant le crochet. Elle est montée et manque un peu de conservation.

140. Hesselin (Louis), Conseiller d'État, Maître de la Chambre des Deniers (110). In-fol. 34

Très belle épreuve du 1er état avant l'inscription sur la Console.

141. Jeannin (Pierre), surintendant des Finances (112). — La Barde (Denis de), évêque de Saint-Brieuc (115). — La Chambre (Marin-Cureau de), Médecin du Roy (116). 3 pièces in-fol. 105

Très belles épreuves.

142. Lamoignon (Guillaume de), Premier Président du Parlement de Paris. Buste fort comme nature (121). Gr. in-fol. 750 Danlos

Superbe épreuve du 1er état, avant la barre après le point en losange qui suit le mot *Princeps*. Très rare.
Elle a de petites marges et est doublée.

143. Le Boultz (Noël), Conseiller au Parlement de Paris (124). — Longueville (Henri d'Orléans, duc de) (149). 2 pièces in-fol. 60

Belles épreuves, marges.

144. Le Tellier (Michel), Ministre d'État, puis Chancelier et Garde des Sceaux de France (131). In-fol. 110

Très belle épreuve, petites marges.

145. Le Tellier (Charles-Maurice), Archevêque de Reims (139). In-fol. 115

Très belle épreuve du 2e des 4 états décrits avant les guillemets à la suite de la date.

146. Loret (Jean), Poète (150). In-4. 52

Très belle épreuve sans marge.

147. Lotin de Charny (François), Président au Parlement de Paris (151). In-fol. 145

Très belle épreuve du 3e des 5 états décrits. Petites marges.

NANTEUIL (Robert)

148. Louis XIV, roi de France. Buste presque fort comme nature (158). Gr. in-fol.

Très belle épreuve du 3e des 4 états décrits, avant le changement de date. Elle est sans marge et montée.

149. Le même personnage, buste fort comme nature (159). Gr. in-fol.

Très belle épreuve du 2e état, avant que la date ait été enlevée. Très rare.
Elle est légèrement rognée et manque un peu de conservation.

150. Le même personnage (162), buste fort comme nature. Gr. in-fol.

Très belle épreuve du 7e des 11 états décrits. Petites marges ; petite déchirure à l'un des angles. Encadré.

151. Louis, fils de France, surnommé Monseigneur (163). Buste fort comme nature. Gr. in-fol.

Très belle épreuve du 4e des 15 états décrits, avec la lettre B à la suite de la date. Petites marges, montée.

152. Mallier du Houssaye (François), évêque de Troyes (167). — Maridat de Serrières (Pierre de), Conseiller au Grand Conseil (168). — Marolles (Michel de), abbé de Villeloing, homme de lettres et grand curieux d'estampes (171). 3 pièces in-fol. et in-8.

Très belles épreuves, la 3e est du 1er état.

153. Mazarin (Jules, Cardinal) (175). — Le même personnage (183). 2 pièces in-fol.

Belles épreuves, la 1re est du 1er état.

154. Le même personnage (180). In-fol.

Très belle épreuve du 1er état, avant que l'inscription *Nanteuil ad vivum*, etc., ait été remplacée par ces mots : *totum ferat*, etc. Rare.

155. Le même personnage en pied, assis dans sa Galerie des Antiques (185). In-fol. en larg., partie supérieure d'une thèse.

Belle épreuve remargée d'une pièce rare.

NANTEUIL (Robert)

156. Ménage (Gilles), homme de lettres (188). — Ormesson (André Le Fèvre d'), Conseiller d'État (209). 2 pièces in-4 et in-fol.

Très belles épreuves, toutes deux du 1er état.

157. Mouy (Henri de Lorraine, marquis de) (197). In-fol.

Très belle épreuve du 1er état avant l'inscription dans la bordure.

158. Péréfixe de Beaumont (Hardouin de), Archevêque de Paris (214). Buste fort comme nature. Gr. in-fol.

Superbe épreuve du 1er état, avant le changement de date. Petites marges, épr. montée.

159. Regnauldin (Claude), Procureur général au Grand Conseil (216). In-fol.

Très belle épreuve du 1er état : la date 1658 est suivie d'un seul point. Sans marges.

160. Scudéri (Georges de), Membre de l'Académie française (221). — Séguier de Saint-Brisson (Pierre), Prévot de Paris (224). 2 pièces in-fol.

Très belles épreuves la 1re du 1er état.

161. Séguier (Pierre), Chancelier de France (223). In-fol.

Très belles épreuves du 1er état avant le crochet qui suit la date. Petites marges.

162. Talon (Denis), Président à mortier au Parlement de Paris (229). Buste fort comme nature. Gr. in-fol.

Très belle épreuve du 1er état, avant que la date ait été enlevée. Petite marge.

163. Turenne (Henri de la Tour d'Auvergne, vicomte de) (233). Buste fort comme nature. Gr. in-fol.

Superbe épreuve du 3e des 6 états décrits, avec une petite barre après le point qui suit l'R. du prénom de Nanteuil. Très rare ; petites marges. En parfait état de conservation sauf un léger pli sur le côté droit.

NAPOLÉON Ier (Estampes sur)

164. Portraits de Bonaparte et de l'Empereur Napoléon Ier, gravés par Fiésinger, Duplessis-Berthaud, Cornilliet, Laugier, etc. — Napoléon sur son lit de mort. — Souvenirs de l'Empereur, etc. 12 pièces noires ou coloriées.

ORNEMENTS

165. Recueil d'estampes relatives à l'ornementation des appartements, aux XVIe, XVIIe et XVIIIe siècles, par Destailleur, 144 planches gravées par Pfnor, Carresse et Riester, avec texte explicat. en 2 portef.

OUDRY (J.-B.)

166. Chasses au chevreuil, au loup, au renard, etc. — 4 pièces gravées à l'eau-forte par Oudry, d'après lui-même. In-fol. en haut.

Belles épreuves, petites marges.

PATER et VLEUGHELS (D'après)

167. Le Cocu battu et content, gravé par Fillœul. — Le Villageois qui cherche son veau, gravé par de Larmessin. 2 pièces in-fol., en larg.

Belles épreuves.

PITAU (NICOLAS)

168. Louis XIV, roi de France, d'après Le Febvre. In-fol.

Belle épreuve, petites marges.

169. Bignon (Thierry), Conseiller au Parlement, d'après Philippe de Champagne. — La Gardie (Gabriel de). — Pétau (Alexandre), Conseiller au Parlement de Paris. — Priolo (Benjamin), Historien. Ensemble 4 portraits in-fol. et in-4.

170. Pierre Séguier, chancelier de France, d'après N. de Platte-Montagne, gr. in-fol.

Très belle épreuve encadrée.

POILLY (NICOLAS DE)

171. Louis XIV jeune, d'après Mignard, 1660. In-fol.

Belle épreuve, petites marges.

172. Louis II de Bourbon-Condé, surnommé le Grand Condé. In-fol.

Très belle épreuve avec marges d'une pièce rare (Collection Didot).

PLATTE-MONTAGNE (Nicolas de)

173. Pierre Monnerot, 1656 (R. D. 26). In-fol.
Superbe épreuve avec marges.

PORTRAITS

174. Louis XIV, Mazarin, Saint Vincent de Paul, Tourville, Louvois, Furetières, Abel Brunyer, Nic Lyon, 9 portraits in-fol. par Huret, Regnesson, Grignon, Gantrel, Hainzelman, Thomassin, Landry, Duflos.
Belles épreuves la plupart avec marges.

175. Hue de Miromesnil. Camille Le Tellier de Louvois, Dinglinger, Nicolas de Livry, comte de Vergennes, 5 portraits par Lemire, Roullet, Wolfgang, Massard. Vangelisty, in-fol.
Belles épreuves.

176. Portraits de personnages des xviie et xviiie siècles, gravés par Audran, Vermeulen, Roullet, Balechou, Saint-Aubin, Trouvain, Le Beau, Gaucher, de Marcenay, etc., 50 pièces in-8 et in-4.

177. Isabelle-Claire-Eugénie-Anne d'Autriche, Hortense Mancini, Mme de Maintenon, Marie Leczynska, Élisabeth-Charlotte, duchesse d'Orléans, comtesse d'Artois, chevalière d'Éon, 9 portraits par Suyderhof, Michel Lasne, de Blois, Giffart, Larmessin, Dupin, etc.
Très belles épreuves.

178. Madame de Maintenon; Catherine Touchelée, comtesse de Provence; l'Impératrice Joséphine; Marie-Louise; Mlle Mars; Mme de Genlis; l'Impératrice Eugénie, etc. 20 portraits gravés ou lithographiés par Ficquet, Roullet, Pitau, Marcenay de Ghuy; Ribault; Lignon, etc.
Belles épreuves, plusieurs avant la lettre.

PRUDHON (P.-P.)

179. Le premier baiser de l'Amour; Illustrations pour *l'Art d'aimer* et pour *Daphnis et Chloé*, *Phrosine et Mélidor; Le Naufrage de Virginie*, etc. Ens. 12 pièces in-8 ou in-4, gravées par Copia, Roger et Beisson.
Très belles épreuves, plusieurs avant la lettre.

PRUDHON (P.-P.)

180. Une Famille malheureuse, L'Enfant au chien, L'Enlèvement de Psyché, La Vengeance de Cérès, Le Cruel rit des pleurs qu'il fait verser, etc. 40 pièces gravées ou lithographiées par Prudhon, Roger, Copia, Aubry-Lecomte, Bellanger, Boilly, Le Roux, Grevedon, etc.

Belles épreuves, plusieurs sont avant la lettre.

RAFFET (Auguste)

181. Retraite de Constantine. Suite complète de 6 lithographies, par Raffet. In-fol. en larg., dans la couv. de publication.

Très belles épreuves de 1er tirage, avant que le mot lith. ait été effacé devant le nom de Gihaut.

182. Le Réveil. — Combat d'Oued-Alleg. 2 lithographies in-fol. en larg.

Belles épreuves sur papier de Chine.

183. L'Œil du maître; La Poursuite; Vive l'Empereur; Provins; Lutzen; Sire, vous pouvez compter sur nous; A nous, 2e léger, etc. Ensemble 20 lithographies. In-4 et in-fol.

Belles épreuves, 4 sont coloriées.

REMBRANDT

184. Rembrandt dessinant (B. 22). In-4 en haut.

Belle épreuve, petites marges.

185. L'Annonciation aux bergers (44). Grand in-4 en haut.

Belle épreuve doublée.

186. La Circoncision (47). In-8 en larg.

Deux très belles épreuves dont une de 1er état, avec les taches blanches dans le haut de l'estampe.

187. Jésus-Christ chassant les vendeurs du temple (69). In-4 en larg.

Très belle épreuve du 1er état.

188. La Grande Résurrection de Lazare (73). In-fol. en hauteur.

Belle épreuve. Le haut de la planche ainsi que les bordures ont été refaits.

REMBRANDT

189. Le Martyre de saint Étienne (97). Petit in-4.

Très belle épreuve.

190. Abraham renvoyant Agar (29). — La petite Circoncision (48). — Le denier de César (81). — Ensemble 3 pièces in-8.

Belles épreuves. La 3e à grandes marges.

REMBRANDT (D'après)

191. Eaux-fortes reproduites par l'héliogravure Amand-Durand, 80 pièces. In-fol.

ROPS (Félicien)

192. Rimes de joie; La Femme à la tête de mort; La Lecture du grimoire; L'Oracle du hameau. 4 pièces in-4.

ROULLET (Jean-Louis)

193. J.-B. de Lully, compositeur français, d'après Mignard. Gd in-fol.

Très belle épreuve.

SCHMIDT (Georges-Frédéric)

194. Louise-Albertine de Brandt, baronne de Grapendorff, d'après Lesueur. Médaillon ovale dans une composition allégorique. In-fol.

Superbe épreuve du 1er état avant les noms des artistes. Grandes marges.

195. Marie-Josèphe de Saxe, reine de Pologne, d'après Louis de Silvestre. — Charles de Saint-Albin, archevêque de Cambrai, d'après H. Rigaud. — L'abbé Prévost. — J.-B. Rousseau, d'après Aved. Ens. 4 portraits in-fol. et in-4.

Belles épreuves.

SCHUPPEN (Pierre-Louis Van)

196. G.-N. de La Reynie, lieutenant de police de Paris, d'après Mignard. — Nicolas Le Camus, premier président à la Cour des aides. 2 portraits in-fol.

Très belles épreuves.

197. M. Le Tellier, chancelier de France, d'après Nanteuil. — Fr.-M. Le Tellier, marquis de Louvois, d'après Le Febvre. 2 portraits in-fol.

Très belles épreuves : la seconde avant la lettre.

198. Louis XIV, roi de France, d'après W. Vaillant, 1660. — Le même personnage, d'après Mignard, 1662. — Louis de France, surnommé le Grand Dauphin, d'après de Troy. 3 portraits in-fol.

Belles épreuves. La 1re est du 1er état, avant les médaillons dans les angles.

199. La Mère Angélique Arnauld ; Ch.-M. Le Tellier, archevêque de Reims ; P. de Marca, archevêque de Paris, 2 épreuves ; Louis Thomassin ; Gabriel de La Gardie ; Franç. Van der Meulen, peintre ; Anne de Courtenay. Ensemble 8 portraits in-fol.

Belles épreuves.

SCOTIN (G.)

200. Philippe, fils de France, duc d'Orléans, frère unique du roi Louis XIV, d'après Mignard. Buste fort comme nature. Gd in-fol.

Très belle épreuve d'une pièce rare. Plis.

SIMON (Pierre)

201. Anne-Marie-Louise, duchesse de Montpensier, appelée la Grande Mademoiselle. Buste fort comme nature. Gr. in-fol.

Très belle épreuve, petites marques. Pli sur le côté droit.

202. Bailly de Saint-Mars (Guillaume), Avocat général au Grand Conseil. — Rospigliosi (Jacques), Cardinal, 2 portraits gr. in-fol.

Belles épreuves.

SIMON (Pierre)

203. La Vrillière (Michel Phelypaux de), Archevêque de Bourges. Buste fort comme nature, dessiné et gravé par P. Simon. Gr. in-fol. 200

Superbe épreuve d'un portrait non décrit. Pli.

204. Louvois (François-Michel Le Tellier, marquis de), Ministre d'État. Buste fort comme nature, dessiné et gravé par P. Simon. Gr. in-fol. 200

Très belle épreuve d'un portrait non décrit. Elle a été pliée.

STRANGE (Robert)

205. Sainte Cécile, d'après Raphaël. — Esther devant Assuérus, d'après le Guerchin. 2 pièces in-fol. 12

Très belles épreuves avec marges.

TÉNIERS (D'après David)

206. Fêtes de village ; Le dentiste, le chimiste ; La lecture diabolique ; Les cinq sens ; Pense-t-il à la musique. Ens. 11 pièces, in-4. 31

THOMASSIN (Simon)

207. Paul de Beauvilliers, duc de Saint-Aignan, Gouverneur des Enfants de France. Gr. in-fol. 55

Très belle épreuve avec marges. Elle a été pliée.

VANLOO (D'après)

208. Sainte Geneviève, Patronne de Paris, gravée par Balechou. — La Sultane (Mme de Pompadour), gravée par Beauvarlet. 2 pièces in-fol. en haut. 52

Belles épreuves, la 2e avant la lettre.

VERMEULEN (Cornelis-Martin)

209. A.-Fr. Le Louchier, Comtesse d'Arco, d'après Vivien. — Louis XIV, d'après Geuslin. — L.-F.-M. Le Tellier, marquis de Barbezieux, Secrétaire d'État, d'après Mignard. 3 portraits in-fol. 22

WATTEAU (D'après Ant.)

210. Les Agréments de l'été, gravé par Jacques de Favannes. Petit in-fol. en larg.

Belle épreuve.

211. Amusements champêtres, par B. Audran. In-fol. en larg.

Superbe épreuve.

212. Assemblée galante, gravée par Lebas. In-fol. en larg.

Très belle épreuve avec marges; quelques cassures restaurées.

213. L'Aventurière, gravée par B. Audran. Petit in-fol. en larg.

Très belle épreuve, grandes marges.

214. Le Bain rustique, gravé par Antoine Cardon. In-fol., en larg.

Très belle épreuve, marges.

215. Bon voyage, gravé par Audran. — Coquettes qui pour voir galants au rendez-vous..., gravé par Thomassin. 2 pièces in-4 en larg., imprimées sur la même feuille.

Superbes épreuves à toutes marges.

216. Le Chat malade, gravé par J.-E. Liotard. In-fol., en haut.

Très belle épreuve d'une pièce rare.

217. La Collation, gravé par J. Moyreau. In-fol. en haut.

Très belle épreuve.

218. Entretiens badins, gravé par B. Audran. — Pour nous prouver que cette belle..., gravé par Surugue. 2 pièces petit in-fol. en larg.

Belles épreuves.

219. Le Lorgneur, gravé par G. Scotin. In-fol. en haut.

Superbe épreuve à toutes marges.

220. Le Passe-Temps, gravé par B. Audran. In-fol., en larg.

Belle épreuve avec marges.

221. La Perspective, gravé par Crépy. In-fol. en larg.

Très belle épreuve du 1er état avec la faute au mot *Persepective*. Marges.

222. Le Plaisir pastoral, gravé par N. Tardieu. In-fol. en larg.

Superbe épreuve du 1er état avec la faute, à toutes marges.

WATTEAU (D'après Ant.)

223. Récréation italienne, gravé par Aveline. In-fol., en larg. 150
Très belle épreuve à grandes marges.

224. Le Rendez-vous, gravé par B. Audran. — Le Conteur de fleurettes, gravé par Crépy fils. 2 pièces in-4 en haut. 75
Très belles épreuves, la 2e à grandes marges.

225. Colombine et Arlequin, panneau décoratif gravé par Moyreau. In-fol. en haut. 60
Très belle épreuve.

WILKIE (D'après D.)

226. Le Colin-Maillard, gravé par Jazet. In-fol. en larg. 24
Belle épreuve coloriée avec marges.

WILLE (J.-G.)

227. Instruction paternelle, d'après Terburg. — Le Concert de famille, d'après Schalken. — Petite Écolière, d'après Schenau. — La Ménagère hollandaise, d'après G. Dow. 4 pièces in-fol. et in-4. 27
Belles épreuves.

228. Ch.-L.-A. Fouquet, duc de Belle-Isle, Maréchal de France, d'après H. Rigaud. — Waldemar de Lowendal. Maréchal de France, d'après de La Tour. — Maurice de Saxe, Maréchal de France, d'après H. Rigaud, 3 portraits in-fol. 26
Très belles épreuves avec marges.

229. Jean de Boullongne, Contrôleur des Finances, d'après Rigaud. — Marquis de Marigny, d'après Tocqué. — Comte de Saint-Florentin, Secrétaire d'État. — Nic. René Berryer. — Frédéric II, roi de Prusse. — Chicoyneau, médecin. — Marie-Thérèse d'Espagne, dauphine de France. Ensemble 7 pièces in-fol. et in-4. 106

Paris. — Typ. Philippe Renouard, 19, rue des Saints-Pères. — 51406

www.ingramcontent.com/pod-product-compliance
Ingram Content Group UK Ltd.
Pitfield, Milton Keynes, MK11 3LW, UK
UKHW020217180726
13838UKWH00005B/2053